KB095564

_____ 님께

_____ 드림

가을 스케치

김천택 시집

좋은땅

추천서

 김천택 시인이 두 번째 시집을 발간한다. 첫 번째 시집이 봄이었다면 이번 시집은 가을이다. 시에 담긴 가을은 그리움이고 모두가 사랑이다.

 김천택 시인은 감성시를 잘 적는다. 여기서 잘 적는다는 의미는 그만큼 독자들이 좋아하는 시를 쓴다는 뜻이다. 독자가 좋아하기 위해서는 시를 읽는 독자가 주인공이 될 수 있게 전개하면 된다. 그런 면에서 성공이다.

 김천택 시인에게는 일상에서 쉽게 시상을 잡고, 그 시상을 힘 있는 시로 만들어 가는 능력이 있다. 그 능력이 많은 시를 쓸 수 있게 했는지 모른다. 많은 시를 쓰다 보면 시 속에 명시가 있고 또 전 국민이 기억해 줄 수 있는 국민시도 탄생할 수 있다.

 한 계절로 시를 쓴다는 것은 어려운 일이다. 하지만 김천택 시인은 해냈다. 봄에 대한 시집과 가을에 대한 시집이 탄생하였으니, 앞으로 겨울 시집과 여름 시집의 탄생도 기대된다. 그 기대가 실천될 수 있도록 늘 곁에서 함께할 것을 약속드린다.

시인 윤보영

목차

가을로 들어서며

2부

가을의 한가운데서

3부

가을의 끝자락에서

4부

일상의 메모

1부

가을로 들어서며

처서와 백로

처서가 지나고
백로가 다가오니
무성한 잎사귀 사이로
열매들이 보입니다

알알이 채워지고 있는
그대 사랑 닮아
가슴을 엽니다
웃음소리가 들립니다

9월이 좋습니다

8월을 보낸 자리에
시원한 바람이
살갖을 스치는
9월이 좋습니다.

무성한 잎사귀 사이로
영글어 가는 열매가
보이기 시작하는
9월이 좋습니다

추석 성묫길에
부모 형제를 만나면서
가족의 사랑을 나누는
9월이 좋습니다

들판은 풍성한 가을을 채우고
너와 나
풍성한 사랑을 채우는 9월
지금 이 9월이 좋습니다

9월의 들판

왜
9월의 들판은
더 아름다울까?
당신을 닮아서

왜
9월의 당신은
더 향기로울까?
들판을 닮아서

그래서
오늘도
들길을 걷는다
당신 생각하고 싶어 걷는다

가을 하늘 1

높다
넓다
푸르다
아름답다

그 하늘
내 가슴에 담고
너를 생각한다

네 마음도
세상도
온통 가을 하늘이다

가을 하늘 2

파란 하늘
하얀 구름

그대 마음을 담아서 그런가요?
눈이 시리도록 맑습니다

그대 미소를 담아서 그런가요?
새털처럼 부드럽습니다

내 안에 담아 두고
그대 생각하며 보고 있는
지금 하늘이 말입니다

코스모스

코스모스는
바람에 흔들려
가을을 불러오고

내 마음은
가을에 흔들려
그대 생각을 불러오고

그래서
가을 길을 걷는다
코스모스 길을 걷는다

가을의 기도

가을에는
푸른 하늘에
햇살로 가득하게 하소서
들판의 곡식들
풍성하게 영글어 가도록

가을에는
둑길의 코스모스
마음껏 하늘거리게 하소서
그대 향한 내 마음
더 무르익을 수 있도록

가을에는
귀뚜라미 소리 들으며
잠들게 하소서
꿈속에서
그대 만날 수 있도록

가을에는
가을에는
그대를
직접 만나게 해 주소서!

푸른 이유

하늘은
높아서 푸르고

바다는
깊어서 푸르고

그대 눈빛은
내가 좋아해서 푸르고

가을바람 1

9월 중순
분성산 임도˚를 걷는다

시원한 바람은
메타세쿼이아 나뭇잎을 흔든다

시원한 바람은
내 살갗을 스치고
그리움을 흔든다

내 안의 그대와
메타세쿼이아 숲길을 걷는다
가을 추억 길을 만든다

＊ 분성산 임도: 김해, 가야대-천문대-소도마을에 이르는 길.

가을바람 2

가을바람은
나뭇잎을 물들이고

그대 생각은
내 가슴을 물들이고

바람은
지나가면
시치미 떼고
처음처럼 다시 불지만

그대 생각은
늘 그대로
깊이 물든
그대로!

편백 숲 1

편백나무는
피톤치드를 내뿜어
주변 해충으로부터
자신을 지킨다

편백 숲을 찾는 사람들은
피톤치드를 마셔
마음이 편안해지고
기분이 좋아진다

당신은 나의 편백 숲!
늘 마음을 편안하게 해 주는
기분 좋아지게 해 주는

편백 숲 2

당신은
편백 숲입니다
같이 있으면
피톤치드 향기가 나니까

처음에는
그런 줄 알았습니다
하지만
한 세월 살아 보니
피톤치드 향이 깊은
사랑이었습니다

기댈 수 있었고
기대어 주었던
나무 같은 사랑

구절초

가을 길을 걷는다
길가 풀 속에 피어 있는
구절초꽃

화려하진 않지만
소박하고 정겨운
엄마 닮은 꽃

바람에 몸을 흔든다
두 팔 벌려 흔든다

엄마 생각에
내 가슴이 흔들린다

추분

오늘은
낮과 밤의 길이가
똑같은 추분입니다

내일부터
낮이 조금씩 짧아지고
날씨도 조금씩 차가워집니다

짧아지는 만큼
그대 생각을 늘리고

차가워지는 만큼
그대 생각에
온도를 높여야겠습니다

양떼구름

풀밭에 누워
하늘에 떠 있는
양떼구름을 봅니다
당신을 보는 것 같습니다

풀을 뜯고 있는 양처럼
순수한 그 마음까지
보는 것 같습니다

지금 순간
당신을 만났으면
얼마나 좋을까요

새털구름

가을 하늘에
높이 떠 있는 새털구름
당신을 닮았다

부드럽고
따뜻한 게
당신을 똑 닮았다

뭉게구름

하늘에 뭉게구름은
바람 따라 흘러가고

내 마음속 그대 생각은
그리움 따라 다가옵니다

흘러가는 구름은
보고 있는 눈이 즐겁고

다가오는 그대 생각은
마음을 가을로 물들여
행복합니다

가을 수채화 1

내 가슴에
도화지를 꺼내 놓고
그대 좋아하는
수채화를 그렸다

붓은
가을 산을 그리고
마음은
그대 생각을 그리고

그려도 그려도
그대 생각밖에 없다
끝이 없어 더 좋다

가을 수채화 2

하늘은
노을빛으로
가을을 물들이고

들판은
노란 물감으로
가을을 물들이고

그대 그리운 나는
당신 생각으로
가을을 물들이고

그래서일거야
가을이
이리 그리운 이유!

가을 색칠

하늘은
파란 물감으로
가을을 색칠하고 있습니다

나는
차 한잔 마시며
그리움을 덧칠하고 있는데

칠을 하고 보니
내 그리움에
하늘조차 지워졌습니다

참 많이
그리웠나 봅니다

가을 연인

가을 들판 길을 걷다 보면
그대 넉넉한 향기가 나는 것 같고

가을 산길을 걷다 보면
멀리서도 수줍어 얼굴 붉힌
그대가 달려오는 것 같고

하지만
정말 가을이
좋을 수밖에 없는 이유는
어딜 가나 그대 생각이
시원한 바람처럼
내 얼굴 스치는 것 같아서

찻집에서

아늑한 찻집에서
그대와
차를 마신다

마시는 차는
바람을 데려와
맑아서 좋고

그대 느낌은
보고 싶은 마음을 불러내
진해서 좋고

가을 선물

높고 푸른 하늘
누런 들판
시원한 바람
사랑하는 내 마음!

이 가을을
곱게 포장합니다

받는 사람은
당신입니다

고구마 캐는 날 1

고구마를 캡니다
줄기 끝에서
옛 생각이 나옵니다

초가을 하굣길에
친구들과 고구마를 캐
잔디에 문질러서 허기를 채웠던
초등학교 시절이 생각납니다

그때
가슴 설레며
고구마 먹던 친구 생각에
옛 기억을 문지릅니다

뭐 하고 살까?
잘살고 있을까?
보고 싶은 마음이 드러납니다

고구마 캐는 날 2

가을
고구마 캐는 날
줄기를 당겼습니다
고구마가 주렁주렁
딸려 나옵니다

고구마를 캐다가
내 마음 밭에
그리움을 당겼습니다
그대 생각이 주렁주렁
딸려 나옵니다

밭에
고구마 심던 날
그대 생각도
같이 심었나 봅니다

내 마음

가을 하늘에
흰 구름 펼치면
네 얼굴이 되고

가을바람이
귓가를 스치면
네 목소리가 되고

황금빛
가을 들판을 걷고 있는 지금
네가 아프도록 보고 싶다
어쩌면 좋니?

9월을 보내며

뜨거운 열정으로 다가와
세상 열매 다 키워 놓고
누런 들판 위로
기어이 떠나는 9월

그래서일까
더 그리운 가을!

다시 만날 때까지
그리워하며 기다릴 테니
우리
꼭 다시 만나자

2부

가을의 한가운데서

가을밤

불어오는 바람에
잠 못 드는 가을밤

창문 사이로 비치는
달빛이
내 손을 잡고
그대 생각으로 잡아끈다

들어갈까
말까?

호숫가 벤치

나뭇잎은
단풍잎으로
사람들을 불러오고

호수는
물결로
그리움을 불러옵니다

그래서
사람들은
단풍잎에 물들고

나는
호숫가 벤치에 앉아
그대 생각에 물듭니다

가을 산길 1

가을 산길을 걸으면서
스치는 바람 소리 들어 봐요
그대 오는 소리 들려요

가을 산길을 걸으면서
곱게 물든 잎사귀를 봐요
그대 웃는 모습 보여요

가을 산길을 걸으면서
낙엽을 밟아 봐요
그대 향기 느껴져요

그래서일까요?
가을만 되면
산길을 자꾸 걷고 싶은 게

가을 산길 2

단풍으로 물든
가을 산길을 걷는다

가슴에 담긴 그리움도
단풍처럼 물들고 있다

그리움 속 그대
만났으면 좋겠다

그대 손잡고
가슴속 사랑을 물들이며
가을 산길을 걸었으면 더 좋겠다

나의 가을

코스모스 둑길을 걸으면
몸을 하늘거리며
그대가 미소 짓는 것 같고

가을 산을 걸으면
스카프를 두르고
그대가 달려오는 것 같고

하지만
더 힘든 것은
나만 바라보는 해바라기

그해 여름에 피었다가
지지 않고
늘 내 안에 있는 것 같아서

포도주

청포도를 먹으면
풋풋한 그대가 보고 싶고

머루 포도를 먹으면
잘 익은 그대 사랑이 생각나고

하지만 두려운 것은
포도주를 마시면
그대 바다에 빠질 것만 같아서

들꽃

가을 둑길을 걷다가
이름 모를 들꽃 한 송이에
눈이 멈추었습니다

들꽃처럼
생긴 대로 수수하게
살고 싶다고 한
그대 얼굴을 담고 있습니다

아프도록 보고 싶게
그대 마음까지
담고 있습니다

가을 여인

나무는
계절마다
얼굴색이 바뀐다

봄에는 녹색으로
가을에는 붉은색으로

하지만
내 안의 그대 얼굴은
늘 붉은색이다

날 보고 수줍어
얼굴 붉어졌던
그때 그 모습 그대로다

호수 1

호수 위에
어리는 얼굴
보고 싶은 당신입니다

부는 바람에 지워질까 봐
얼른
마음에 담았습니다

바람이 붑니다
당신 얼굴이
더 선명합니다

호수 2

오늘같이 화창한 날은
그대와 호숫가 벤치에 앉아
가을 산을 바라보고 싶다

호수에 비친
단풍 든 산을 보고
행복해하는 얼굴
그 모습을
호수에 그리고 싶다

호수 3

너는 산
나는 호수

너는
날이 밝자마자
따뜻한 눈빛을 보내 주고

나는
지금 네 마음을
그대로 받아 주고

아무리
바람이 유혹해도
가슴에 너를 담는다

단풍 1

너를 생각하는
지금 내 마음

저 나뭇잎에 스며들어
불타고 있다

나에게 너는
늘 가을이다
가을

구름에게 묻는다

하늘 높이 올라간
구름아!
너는 보이느냐?
그대 모습을

바람 따라 흘러가는
구름아!
너는 아느냐?
그대 마음을

고향 집 감나무 1

어릴 때부터
고향 마당 한쪽에
우뚝 서 있던 감나무

때때로 가지치기를 당해
몸뚱이만 남기도 했고
태풍으로 큰 가지가
찢겨지기도 했지만

가을이 되면
잘 익은 감이 주렁주렁
고향집 감나무!

그 감나무
지금은 가슴에 있다
잘 익은 감처럼
추억마다 행복을 담고
'나'라는 나무로 있다

고향 집 감나무 2

오늘은
고향 집 감나무에
감을 따러 갔다가
그리움만 따고 왔습니다

감나무에
주렁주렁 달린
어린 시절 고향 생각
배부르게 따고 왔습니다

감나무 집 그대

잘 익은
감나무 아래를 걷다가
그리움만 줍고 왔습니다

감나무 가지째 꺾어 주면서
방에 걸어 두라 했던
그대 생각 때문입니다

벽에 걸린 감
그대 얼굴이었습니다

지금도
가을만 되면
그 감
가슴에 걸려
그대 생각납니다

단풍잎 1

그대 처음 만날 때
가을이었지요

그때부터
내 가슴에 늘
단풍잎으로
곱게 물들어 있는 그대

어찌 그대를
잠시 물들었다 떨어지고 마는
저 단풍잎과
비교할 수 있겠어요

가을바람 3

황금빛 들판을 걷고 있습니다
가을바람에
벼 이삭이 출렁입니다

평생 농군으로 살다 가신
아버지 얼굴이 출렁입니다

가을바람에
그윽한 향기가 일렁입니다

평생 아버지 따라
들일하셨던
어머니 모습이
향기 속에 담겨
웃고 계십니다

가을바람 4

가을바람은
나뭇가지를 흔들어
나뭇잎을 휘날리고

가을바람은
내 그리움을 흔들어
그대 생각을 휘날리고

깊은 가을이다
그대 생각이
내 가슴으로 떨어지는

가을처럼

산을
곱게 물들여 놓고
단풍에 취해 있는 가을처럼

그리움을
곱게 물들여 놓고
그대 생각에 취하고 싶다

이 가을에
내 가슴에 담긴
이 멋진 가을에

가을 손짓

이 가을에
산과 들판이
나에게 손짓한다

산은
곱게 물든 산길을
걸어 보라 하고

들판은
잘 익은 가을 향기를
느껴 보라 하고

산도 좋고
들판도 좋다
그대와 함께라면
모두가 다 좋을 수밖에

가을이 붉은 이유 1

이 가을이
붉게 물드는 것은

그대 처음 만났을 때
수줍어하는 그대 얼굴을
가슴에 담고 있기 때문이지요

그때 붉어진 얼굴
지금도 그대로
내 가슴에 담겨 있기 때문이지요

가을이 붉은 이유 2

가을 산은
나뭇잎을 물들여
사람들을 불러들이고

늘 보고 싶은 나는
그리움을 물들여
그대 생각을 불러들이고

둘 다 붉다
산은 고운 단풍으로 붉고
나는 그대 앞에
수줍어 붉다

가을 노래 1

그대와 같이
가을 숲길을 걸으면서
많은 애기를 나누었지요

하지만
끝내 꺼내지 못한 말
"사랑한다"
"너를 사랑한다!"

가슴에 담겨
세월에 담겨

이제
향기가 되고
노래가 되었습니다

가을 노래 2

아름다운 가을이다
향기로운 가을이다

노래를 불러야겠다
그대가 좋아하는 노래를
그대 향기가 담긴 노래를

그대와 함께
서로에게 취하고 싶어서
노래 속으로 들어선다
그대 손잡고
그리움 속으로 들어선다

가을 수줍음

가을이
곱게 물드는 것은

넉넉한 나뭇잎이
스치는 바람에
수줍어하기 때문이고

내 얼굴이
붉어지는 것은

좋아하는 마음 들킬까 봐
수줍어하기 때문이고

가을 라이딩

해반천*을 따라
자전거를 탑니다

가을바람에
들판이 출렁입니다

고소한 향기
가슴 깊이 담기는 가을!

달려온 만큼
함께 왔으면 좋았을
당신 생각이 담깁니다

* 해반천: 김해 삼계동에서 김해 들판으로 흐르는 시내.

가을 들판

가을바람은
황금 들판을 흔들어
고소한 향기를 불러오고

가을바람은
내 가슴을 흔들어
그대 생각을 불러오고

바람 부는 날
가을 들판을 걸으며
그대 생각에 젖습니다
그대 향기에 취합니다

농부 시인의 마음

가을 들판에
햇볕이 쏟아진다
들판에
곡식이 여물어 간다

걷고 있는 들판 길에
그리움이 쏟아진다
가슴에
그대 생각이 여물어 간다

곡식도 풍년
그대 생각도 풍년!

수확

이 가을
농부는
잘 익은 벼를
수확하며 흐뭇해하고

이 가을
나는
예쁜 너를
가슴에 담으며 흐뭇해하고

농부와 나
둘 다 행복하다
내가 더 행복하다

깊은 가을

파란 하늘
흰 구름
가슴 찡한 그리움!

아!
내 안의 그대가 없었다면
이 가을을

눈이 시리도록 그리운
이 깊은 가을을
진정 어찌 견뎠을까요

3부

가을의 끝자락에서

멋진 사람

가을에
산을 찾는 사람은 멋지다

곱게 물든 산길을
느낄 줄 아는 사람이면
더 멋지다

하지만
가장 멋진 사람은
지금 함께
산길을 걷고 있는 당신이다

가을 타기

붉게 물든 나뭇잎
나뭇잎도 가을을 타나 봐!

그대 생각에
붉게 물든
내 마음처럼!

가을비 내리는 날

가을비 내리는 날
휑한 들길 따라
그대는 떠났지요

하지만 오늘같이
가을비 추적추적 내리면
그대 생각나는 걸 보니

많은 세월이 흘렀어도
내 가슴에 심어 둔 그대 마음은
늘 그대로인가 봅니다

가을 여자

카페 창가에 앉아
공원을 내려다봅니다

늦가을 찬바람에
낙엽이 날립니다

그 낙엽
찻잔 속에 떨어집니다
그대 생각이 물결칩니다

나를
가을 남자라 불렀던
그대가 그립습니다

낙엽 1

길에는
바람 따라
낙엽 구르고

내 마음에는
낙엽 따라가 버린
그대 생각이 나고

바람 따라 구르는 낙엽
낙엽 따라가 버린 그대 생각

둘 다 가슴 아프다
낙엽 따라가 버린
그대 생각이
더 아프다

낙엽 2

가을바람 불어
길가에
낙엽이 뒹군다

내 가슴에
그대 생각 대신
가을이 뒹군다

더 그리워하라며
더 보고 싶어 하라며

가을 찬바람

늦가을에 찬바람이 붑니다
추운 만큼 더 따뜻하게
그대 생각으로
가슴을 데웁니다

이게
가을에 찬바람 불면
저절로
그대 생각이
가슴에 담기는 이유입니다

가을 찻집

창가에 앉아
차를 마신다
바람에 낙엽이 떨어진다

마주 보고 앉았으면
좋을 사람!
그대 생각이
찻잔에 담긴다

차를 마신다
가을을 마신다

깊어 가는 가을

깊어 가는
가을 산이 건너다보이는
찻집에 앉아
차를 마신다

나뭇가지 끝
단풍잎이
찻잔에 떨어진다

그대 생각이
찻잔에 일렁인다
그리움이
따라 일렁인다

내장산 단풍

내장산 단풍이
불타고 있다고요?

예, 그래요
제가 불 질러 놓았어요

그대 향한 내 마음
늘, 어디서나
활활 타오르고 있다는 걸
보여 주고 싶어서

늦가을

늦가을 바람은
나뭇잎
한 잎 두 잎 떨어내며
겨울로 가자고 재촉하고

그대 그리움은
그대 생각
한 자락 두 자락 되새기며
그대 곁으로 가자고 재촉하고

단풍잎 2

밖에
찬바람 불어
단풍잎이
땅에 떨어지지만

내 안엔
찬바람 불어
오히려 그대 생각이
가슴에 담깁니다

단풍잎은
못 견뎌서 떨어지고

그대 생각은
떨어진 만큼
보고 싶어 더 담기고

단풍잎 3

찬바람 불어
단풍잎이 떨어진다

내 가슴에
떨어진다

더 보고 싶어 하라며
그리움 속으로 떨어진다

찬바람

가을 산길로 불어온
찬바람에
그리움이 떨어집니다

이래서
찬바람 부는 가을 산길은
보고 싶은 사람 생각
가슴에 담고
나서야 하나 봅니다

단풍 2

가을 단풍은
그대 향한 내 마음

휘날리는 낙엽은
그대 찾아 떠나는 그리움

책장에 끼워 둔
나뭇잎으로
가슴에 간직한
그리움 찾아 떠납니다

곧 만날 것 같은 느낌에
얼굴 가득
미소가 번집니다

비에 젖은 낙엽을 밟으며

늦가을
비에 젖은 낙엽을 밟으며
산길을 걷는다

나뭇가지 끝에
단풍잎 하나 달려 있다

내 가슴에 담긴
첫사랑, 그 사람 생각이
가지 끝 단풍잎처럼
지워지지 않고 있다

그대가 보고 싶다

낙엽은
비에 젖어 있고
지금 내 마음은
그리움에 젖어 있고

늦가을 산길 1

늦가을
산길을 걷는다

이 나무, 저 나무
단풍이 곱다

내 마음속
가을 길을 걷는다

그대와 함께한
이런 일, 저런 일

지난 일을 단풍잎으로 수놓고
그리움으로 물들이며 걷는다
가슴 가득 행복이 담긴다

늦가을 산길 2

늦가을 산길을 오른다
찬바람에
단풍잎이 떨어진다

내려오는 길가에
떨어진 잎이
바람에 뒹군다

이래서
늘 봄인 내 마음과 달리
늦가을 산길을
외롭다 했나 보다

가을비 내리는 날 1

달리는 차창에는
빗물이 부딪혀 흘러내리고

내 그리움에는
그대 생각이 부딪혀 흘러내리고

젖은 차창은
비가 그치면 마르지만

젖은 내 가슴은
어떻게 말릴 수 있나요?

그대 생각
그치기는커녕
점점 많아지고 있는데

가을비 내리는 날 2

오늘같이 가을비 내리는 날은
그대와 우산을 함께 쓰고
산책하고 싶다

우산 속에서
서로의 따스함을 느끼면서
서로에게 녹아들고 싶다

비가 와도
가슴 가득
따뜻한 웃음꽃을 피워 주는 그대!

늦가을 비가 내리면

늦가을
비가 내리면
젖은 낙엽을 밟으며
공원을 걷고 싶다

그대와
우산을 함께 쓰고
따뜻함을 느끼고 싶다

행복했었던
지난 시절을 되돌아보며
그리움에 젖고 싶다

늦가을
비가 내린다
그대와 함께 걷고 싶은
진한 그리움이 내린다

눈 내리기 전에

허전함이 싫고
쓸쓸함도 싫어
추수 끝난 들판을
가지 않는다고 했더니

꽃과 열매도 곱지만
바람에 흔들리는 낙엽도
가슴에 흔들리는 추억도
곱다고 말하는 하늘!

눈 내리기 전에
다녀와야겠습니다

세월

별로 해 놓은 일도 없는데
시간이 어찌나 빨리 지나가는지

꽃이 바닥에 떨어지고 나서야
꽃이 핀 줄 알았고

뜨거운 여름이 오고 나서야
봄이 왔다 간 줄 알았네

머리에 서리가 내리고 나서야
청춘을 지나온 줄 알았네

하지만 말일세
내 안은 늘
그대 생각을
꽃으로 피운
봄이란 사실!

그 사실로
미소 짓고 산다네

자연의 순리

숲길을 걸으며
새소리에 기뻐하고
벌레 소리에 슬퍼합니다

들꽃 한 송이에 경이로워하고
우거진 숲속에서 편안함을 느낍니다

지나가는 바람 한 줌
쏟아지는 햇살 한 줄기에
감사하는 나를 보면서

그렇게 그렇게
일상이 강물처럼 흘러갑니다
세월에 실려 웃으며 갑니다

· 4부 ·

일상의 메모

빈 의자

가파른 길
오르막 끝에서 만난 의자

먼 길을 걷다 만난
반가운 의자

가쁜 호흡을 편안하게 해 주고
힘든 다리를 쉬게 해 주는 의자

지금
나는 너에게
빈 의자이고 싶다

해독 주스

아침에 일어나
미지근한 물을 마시고
사과, 비트, 당근을
갈아 마시는 게 일상이다

몸에 독소를 빼 준다 해서
해독 주스라 한다

정성껏 만든
당신 마음까지 담겼으니
마음의 독소가
쉽게 빠지는 느낌!
그래, 해독 주스가 맞다

자전거 라이딩

오늘은 함께 자전거 타는 날
나는 자전거 상태를 점검하고
아내는 간식을 준비한다

낙동강 자전거길에서
신나게 페달을 밟는다
마음을 열고 페달링을 한다

시원한 강바람
얼굴에 스친다
부드러운 강바람
마음에 스친다

바람이 아니라
당신 마음이다
사랑이다

태극기

1945년 8월 15일 해방되던 날
선조들은 감격의 눈물을 흘리면서
거리로 달려 나와
태극기를 흔들었습니다

2002년 한일 월드컵
한국팀이 32강, 16강, 8강, 4강으로
올라갈 때마다
온 국민
'대~한민국 짝짝짝'
기쁨의 태극기 흔들었습니다

태극기!
우리 선조의 눈물입니다
우리 국민의 기쁨입니다
아니
미래를 열어 가는 희망입니다

내비게이션

낯선 길을 운전할 때
내비게이션을 사용합니다

어느 길로 가야 할지
얼마나 시간이 걸릴지
정확하게 알려 줍니다

나에게도 내비게이션이 있습니다
같이 길을 걷는 당신이
내비게이션입니다

마음 놓고 걸어갑니다
행복이라는 목적지를 정해 놓고
웃으면서 가고 있습니다

달걀부침

달걀부침을 먹을 때마다
엄마가 생각납니다
도시락 한가운데 놓여 있던
엄마 사랑!

어린 시절 생각하다가
가슴이 열립니다
그리움 한가운데
엄마 얼굴이
노른자로 놓입니다

참 보고 싶은
엄마!

선글라스

야외에서 햇볕이 강할 때
선글라스를 낀다

자외선을 가려 주니
눈이 편하고
세상이 멋져 보인다

그대를 처음 만났을 때
내 마음에 선글라스를 꼈었다

그대 좋은 모습만 보였으니
당신이 최고일 수밖에

그때 낀 선글라스
지금도 끼고 있다

참 예쁜 당신!

콩나물

콩나물 무침은 구수하고
콩나물국은 시원하다

요즘 콩나물을 먹으면
엄마 생각이 난다

특별한 반찬이 없었던 어린 시절
방에서 콩나물에 물을 주며 길러
맛있게 요리를 했다

돌이켜 보면
엄마의 정성이다
엄마의 사랑이다

달팽이

비 오는 날
달팽이가
머물던 곳에서 나와
활동하듯이

비 오는 날
그대 그리움도
머물던 곳에서 나와
활동합니다

이게
비 오는 날
그대가 더 그리워지는 이유입니다

느낌표

사람들은
감동을 주는 문장 끝에
느낌표를 찍지요

그렇습니다
그대 첫 미소는
내 가슴 한가운데 찍힌
느낌표입니다

오랜 세월이 흘러도
그대 생각만 하면
가슴이 설레는 걸 보면

그때 찍은 느낌표
내 사랑에 찍힌 게
맞나 봅니다

분성산 임도

집을 나서면 바로 연결되는
분성산 임도를 자주 걷는다

맑은 공기, 풀 내음, 꽃향기
흠뻑 들이키고
새소리에 벌레 소리도 듣고

숲속 길을 걷다 보면
마음이 편안해지고
기분도 따라 좋아집니다

지금 기분 이대로
그대와 함께 걷고 싶어
내 마음에 길을 담아 왔습니다

별

하늘의 별은
어둠 속에서 반짝이고

그대 생각은
그리움 속에서 반짝이고

그리워할수록
더 빛나는 별이 된다

내 가슴속
그리움이 만든 하늘에

꽃이 된다면

만약
내가 꽃이 된다면

그대 가슴에
피어 있는 꽃이 되고 싶다

그대 마음속에서
향기 나는 꽃

그대 생각 밖으로 나와
일상에 꽃밭을 만드는 꽃

그대를
온전히 사랑하고 사랑받는
꽃이 되고 싶다

꽃

꽃밭에서
향기를 내는 꽃은
많이 보았지만

내 가슴에서
향기를 내는 꽃은
그대가 처음입니다

내 일상을
웃음이 나게 만드는
즐거움이 가득하게 해 주는
그 꽃!
당신입니다

파도

바닷가 파도는
바위에 부딪혀
하얀 거품을 남기고

그리움 속 그대 생각은
내 가슴에 부딪혀
아련한 추억을 남기고

아직도 나는
내 가슴에 출렁이던
파도를 기억합니다.

그대를 보자마자
가슴에 출렁이던
그때 그 파도를!

진공청소기

오랜만에
진공청소기로
집 안 청소를 한다

아내가
미소를 짓는다

바닥 먼지를
빨아들이던 청소기가
아내의 마음까지
빨아들였는가 보다

정자

산길을 걷다가
고갯마루 정자에서
쉬었다 왔습니다

내 안에도
정자 하나 세웠습니다

내 안의 그대
힘든 일상을 내려놓고
하늘에 담긴 구름을 볼 수 있게
가슴에 담긴 꽃을 볼 수 있게

회오리바람

그대 생각만으로도
내 가슴에
회오리바람이 붑니다

그대는
나를 꼼짝 못 하게 만들고
그대만 생각하게 만드는
신기한 바람입니다

그래서
그 바람
더 좋습니다

풍경(風磬)

너는 바람
나는 네 가슴에 달린 풍경

난 네가
어찌나 좋은지
네가 나를
스치기만 해도

내 가슴이
흔들리고
저절로
고운 노래까지 나와

그대라면

물이 끓을 때
라면을 넣고
수프를 넣는다
대파와 계란도 넣는다

3분 후
그릇에 담는다
누구와 같이 먹을까?

내 안에서
그대가 다가온다
미소가 인다

'그대라면!'
역시
최고의 라면!

바다를 찾는 이유

넓은 바다는
당신의, 폭넓은
마음을 보는 거 같고

깊은 바다는
당신의, 사려 깊은
생각을 보는 거 같고

푸른 바다는
당신의, 맑은
눈을 보는 거 같고

이게
당신이 생각날 때마다
바다를 찾는 이유입니다

산길이 좋은 이유

나는 산길이 좋다

비 온 뒤
산길을 걸으면
상큼한 네 향기가 느껴지고

눈 온 뒤
산길을 걸으면
티 없는 네 마음이 느껴져서

아버지

나는
큰 느티나무가 좋다

그 나무를 보면
비바람 견디며
늘 제자리를 지키는 당신!
그늘까지 만드는 당신이 생각나서

그 나무
내 안에 자라고 있다
당신이란 이름으로
사랑이란 의미로

우산

비 내리는 날
우산을 쓰고 걷는데
문득
어머니 생각이 납니다

내리는 비를
가려 주는 우산처럼
일상의 어려움을
가려 주었던 어머니!

지나고 보니
어머니 마음
커다란 우산이었습니다

산

나는 산이 좋다

태풍이 불어도
꿈쩍하지 않는 산을 보면
아버지가 생각나서

늘, 온갖 것을
다 품어 주는 산을 보면
어머니가 생각나서

제비꽃

4월 청명 한식날
부모님 산소에
제비꽃 한 송이 피어 있다

저세상에서도
여전히 사랑하고 있다고
더욱 보고 싶었다고
제비꽃으로 말해 주는 거 같아
눈물이 핑 돌았다
가슴이 먹먹했다

가슴 깊숙이 자리 잡고 있는
부모님을 만나고 왔다

길고양이

아파트 1층 베란다 아래로
한 줄기 겨울 햇살이 퍼진다
고양이들이 모여 있다
누군가 먹이를 갖다 놓았다

그중 한 마리가
"옛 가족들은 잘 있을까요?" 하고
나에게 묻는다

옛 시절을 그리워하는 마음!
요양원 계시는 장인어른을 닮았다

건너편 요양원
연말 트리에 불이 깜박인다

달과 그대

창문을 통해서
달을 보고

내 마음을 통해서
그대를 보고

창문으로 보는 달은
날마다 바뀌지만

내 마음으로 보는 그대는
늘 그대로다

이게
그대를 내 마음에
담아 두는 이유!

택배

택배가 왔다
포장 안에
네 사랑이 담겨 있었다
너무 좋아
소리를 지르다 잠을 깼다

네 생각하다가 잠이 들었는데
꿈속에서
네 사랑을 받은 걸 보면
너는
내 사랑이 분명해

꽃밭

그대를 처음 본 순간부터
내 가슴에
꽃밭 하나가 생겼다

그 꽃밭에
그대라는 꽃
크게 피었다

시도 때도 없이
꽃밭을 가꾼다

그 꽃을 가슴에 담고
아예 꽃밭에 산다

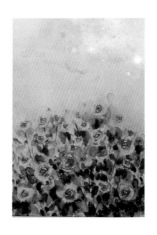

대나무

고향 집 뒤편 언덕에
대나무 숲이 있다

수년간 땅속에서 힘을 모아
봄에 죽순을 뻗어 올리는 나무

가느다란 몸매에
속은 비었지만
강철만큼 강하고
콘크리트만큼 질기다
세찬 바람이 불어도
꺾이지 않는다

밖에 바람이 분다
푸른 댓잎 부딪치는 소리
내 안에서 들린다

교육자로서
대나무처럼 강직하게 살게 해 준
고향 집 대나무 언덕
웃으면서 다가선다

갈대밭

바람 불면
부는 대로 흔들리고
바람 멈추면
다시 꼿꼿하게 서는

속은 텅 비었어도
부러지지 않고
마디마디를 이어
꼿꼿하게 자라는 갈대!

어린 시절 즐겨 놀았던
고향 마을˙ 둑 넘어 갈대밭
내 가슴에
평생 자리 잡은 갈대밭

* 고향 마을: 경남 하동군 하동읍 목도리 구통.

헌 신발

헌 신발이라고
생각 없이 버리지 마라

오직 너의 발바닥을
대신해서 닳은 신발을
한 번이라도 생각해 준다면

그 신발
생각 없이 버릴 수 있겠는가?
아니다
아닌 게 맞다

김장 김치

대전 사는 첫째 딸
세종 사는 셋째 딸
자매 둘이 모여
김장을 한다

소금에 절인 배추
한 잎 두 잎 들추어 가며
맛난 양념을 바른다

어린 시절 추억
한 잎 두 잎 들추어 가며
자매의 사랑을 바른다

김치를 담근다
사랑을 담근다

종자[*]

자손 귀한 경주 김씨 집안

첫 딸 낳아 예쁘다고 미자
둘째 딸 윤달에 낳았다고 윤자
셋째 딸이 마지막 딸 되라고 끝순
넷째 딸로 딸 끝내 주라고 끝남
다섯째 사내 같다고 하여
아예 남자 이름 남지
여섯째 제발 아들 낳아 달라고
중성 이름 두레라고 지었다

마침내 3년 후
7번째에서 아들을 얻었으니
집안에
온 동네 경사 났다

해 질 녘 할아버지
거나하게 취하셔서 귀가하시면
종자부터 찾으셨다

* 종자: 하동군 하동읍 목도리 구통, 조카의 어릴 때 별칭.

오늘은 종자가
할아버지 산소 성묘하고
잔 한 잔 올린다

모과

덜 익은 모과는
시고 떫은맛이 나지만

다 익으면
색이 곱고 향이 좋아
방 안이나 차 안
어디에 두어도 좋다

우리 사랑도 그렇다
덜 익었을 때는
시고 떫은맛이 났지만

한세월 지나고 보니
늘
당신의 고운 마음
부드러운 향기에
취해 있었다

몽돌

뾰족하고 울퉁불퉁
제멋대로 생긴 돌이

태풍을 만나
물속에서 부딪치고
파도에 닳고 닳아
몽돌이 되었지요

매끄럽고 단단한 돌
예쁜 모양, 고운 색깔!

어느 겨울날
당신과 함께
거제 학동 몽돌해변을 걸었을 때
사랑의 증표로
가슴에 옮겨 두었지요

한세월 지나고 봐도
매끄럽고 단단한 몽돌
예쁘고 고운 색깔이
우리 사랑 그대로지요

곁에 한 사람 있어서

곁에 한 사람 있어서
세상이 따뜻하고
부러운 게 없었습니다

곁에 한 사람 있어서
어두운 밤길을 걸어도
깊은 산속을 걸어도
무서운 게 없었습니다

그 사람 지금
내 곁에 있습니다
세상의 전부로 있습니다

이제 나도
당신에게
그 사람이고 싶습니다

수능 치는 날

우리 아이
수능 치는 날 아침
긴장하지 말고
시험 잘 치라며
포옹으로 보내지만

학교 문 안으로 들어가는
자식의 뒷모습을 바라보며
두 손 모은 부모의 가슴이
더 떨립니다

자식은 문제 푸느라고
온종일 정신이 없고
부모는 자식 걱정에
일이 손에 잡히지 않습니다

이게 자식이고
이게 부모입니다

꽃 이식

딸의 결혼식장에서
신랑 신부가 절을 한다
절을 마친
사위를 안아 준다

내 가슴에
오랫동안 가꾸어 온
딸이라는 꽃!
사위 가슴으로
옮겨 심는다

더 좋은 토양에서
사랑의 꽃으로
행복의 꽃으로
활짝 피기를!

노을

서산으로 지는 해는
고운 노을을 남기고

서산으로 지는 시인은
고운 말을 남기고

고운 노을은 잠시지만
고운 말은 오래 갑니다

이게, 내가
시를 쓰는 이유입니다

돛단배

그대가 돛단배라면
나는 그대를 밀어 주는
바람이 될래요

가다가
가다가
혼자 갈 수 없을 때

돛단배에 함께 타고
은하수를 건널 수 있게요

캘리그래피 작가 소개

1. 남궁정원: 1부 14작품, 4부 앞부분 6작품

* 제4회 제6회 대한민국 CEO 독서대상
* 제47회 경상북도 서예대전 캘리그라피부문 특선, 입선
* 제38, 39회 한국예술문화대전 캘리그라피부문 특선, 입선
* 제16회 국제유교문화대전 캘리그라피부문 특선
* 제2회 대한민국캘리그라피창작대전 캘리그라피 입선
* 개인전 봄의 향기(나에게 주는 선물, 그대와 휴-조형 갤러리 1관) 2022

2. 반은연: 2부 17작품, 4부 중간 3작품

* 대한민국 서화예술대전 특선
* 대한민국 아리반대전 특선
* 윤보영캘리랜드 부회장
* (사)창직교육협회 이사
* (주)인키움넷 이사
* (前)도심권50플러스센터 드림캘리 회장
* 주민센터, 복지관, 수화센터, (사)창직교육협회 등에 서 캘리그래피 강의 중

3. 이양희: 3부 13작품, 4부 뒷부분 10작품

* 캘리 작가(도담캘리, yanghee's 캘리)
* 한국 천아트예술협회 소속 강사
* 제27회 충무공숭모 예술대전 천아트부문 동상
* 제34회 대한민국 서법대전 천아트부문 은상
* 제1회 한탄강문학회 전국백일장 산문부 우수상
* 제25회 글벗문학회 수필부문 신인문학상

1. 저자 부부의 테니스 상패

2. 2013년 철인 3종 상장 및 그랜드슬램 인증서

3. 2014년 철인 3종 상장

감사의 글

지난 2년간 가을에, 주로 부산 엄광산, 김해 분성산을 오르내리면서, 생각나는 것들을 메모·작문하고, 1~2년 숙성시켜, 저의 2번째 시집을 내게 되었습니다.

그동안 SNS상에서, 또는 대면하여 격려를 해 주신 여러 분들께 감사를 드립니다. 또 줌으로 같이 공부를 하면서 많은 아이디어를 주신 시인님들께 감사를 드립니다. 특히 지도해 주신 윤보영 시인님께 감사를 드립니다. 기꺼이 동참하여 저의 부족한 부분을 메꾸어 주신 3분의 캘리그래피 작가, 남궁정원 님, 반은연 님, 이양희 님께 감사드립니다. 정성껏 출판을 해 주신 '좋은땅 출판사'에도 감사드립니다.

늘 가까이에서 달고도 쓴 응원을 해 주는 아내, 든든한 아들 며느리 손녀, 코드가 잘 맞는 딸 사위와 출간의 기쁨을 나누고 싶습니다.

끝까지 저의 졸작을 읽어 주신, 독자 여러분께 진심으로 사랑과 감사를 드립니다.

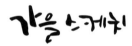

© 김천택, 2023

초판 1쇄 발행 2023년 9월 1일

지은이   김천택
펴낸이   이기봉
편집   좋은땅 편집팀
펴낸곳   도서출판 좋은땅
주소   서울특별시 마포구 양화로12길 26 지월드빌딩 (서교동 395-7)
전화   02)374-8616~7
팩스   02)374-8614
이메일   gworldbook@naver.com
홈페이지 www.g-world.co.kr

ISBN   979-11-388-2258-9 (03810)